눈시울이 뜨거워진다

사임당 시인선 ⑰

눈시울이 뜨거워진다

초판인쇄 | 2017년 5월 1일 **초판발행** | 2017년 5월 8일
지은이 | 최인현 **펴낸이** | 배재도 **펴낸곳** | 도서출판 작가마을
등 록 | 2002년 8월 29일(제 2002-000012호)
주 소 | 부산광역시 중구 대청로 141번길 15-1 대륙빌딩 301호
       T. 051)248-4145, 2598F, 051)248-0723E. seepoet@hanmail.net

국립중앙도서관 출판예정도서목록(CIP)

눈시울이 뜨거워진다 : 최인현 시집 / 지은이: 최인현. ── 부산 : 작가마을, 2017
p. :cm (사임당 시인선 : 17)

ISBN 979-11-5606-068-0 03810 : ₩9000

한국 현대시[韓國 現代詩]
811.7-KDC6
895.715-DDC23 CIP2017010331

사임당 시인 ⑰

눈시울이 뜨거워진다

최 인 현 시집

도서출판
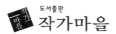
작가마을

자서

이제 첫 봄의 시작이다.

지난 사계절에서 웃고, 울던
그래서 행복했던 시간들을 옮겼다.

마음으로 낳은 자식들이라
삶의 의지가 된다.

행복하다.

2017. 봄 최인현

사임당 시인선 ⑰ 최인현 시집

Contents

눈시울이 뜨거워진다

제3부

Contents

제1부

등대가 하는 말

어둠이 내리면
더욱 눈 크게 뜨는
등대 하나

방황하는 자
눈빛을 보라고

혼자 떠 있는 별도
그 눈빛을 보라고

우울한 일상이었거든
어둠의 바다 끝에
철썩이는 파도를 안고
더욱 눈 뜨는 빛을 보라고

한밤 내 지켜보는
눈빛을 보라고

산골

개울 바람은 스산하게
흙먼지를 밟고 간다

바람이 나에게로 오는지
내가 바람에게로 가는지

고요를 안고 있는
깊이만큼 달빛도 깊다

바람, 나무, 두런두런

쏟아지는 별빛
바람과 나무에 등을 기댄다

올가미

거대한 거미줄이 된

가파른 길 막아 선

덫이었다 해탈을 꿈꾸는

먼 보랏빛이었다

새벽

새벽공기와 산 내음이
산길을 탄다

안개 아늑한
맑은 오카리나 음률

산 내음이
산길을 탄다

옛집

농기구 일렬종대로 헛간에는
쇠죽 끓이던 아궁이 흙먼지 덮어쓴

텅 빈 마굿간 옆에 정랑

그을음으로 도배된 정지 벽에는
개다리소반이 잔치를 기다린다
돌절구 빗물을 받아먹는다

호롱불 아래
할머니의 숨결이 살아 숨 쉰다

광부의 이야기가 살아있는
전설 같은 곳

나의 시간

캐보마일 차는
내 영혼을 타고 흐른다

지난 날의 어두운
시간을 꽃 피우는

풋풋한 음악처럼
시원한 물소리

내 허망한 날을
불러 일으켜 세우는
해바라기와 키 재기 한다

노숙자

세상에 지쳐
떠다니는 바람

집을 이고 다니는
달팽이 같은
뒹구는 낙엽 같은

바람 속에서
또 다른 바람이 된

너는 마스코트다

꺾이고 휘어지는
나를 일으켜 세운

너는 픽션이다
사랑과 이별을 노래하는

상처를 애만지는
따끈따끈한 손결

너는 마스코트다

눈시울이 뜨거워진다

하루를 마감하는
일몰은 더욱 아름답다

강 위에 한가로이 떠다니는 물새
칸타타 음률에 시원해진다

뜨거운 놀빛이 탄다
나를 기억하는
가슴 깊은 곳에서

참회록

타고난 마음자리에서
벗어나질 못했다

식객이 끊이지 않는 나날은
사색과 고독으로 돌려 앉히고

댄 가슴 많은 날은
다솜의 꽃들을 피우며 잠적했다

칠순의 언덕에서
뜨는 해 지는 해를 멀리 보았다

드레진 그이의 손을 꼬―옥 잡고
마음 고름을 말 뜻에 올렸다

만월

어린아이 꿈처럼
꿈이 된

꼭꼭 다져가는
디딤돌 외로움 같은

초승달에 뜬다
만월을 찾아가는

한마당 굿을 친다

낙엽편지

캐모마일 차를 마시고 있소
잠 잃은 밤에
앙상한 찬바람을 부등켜안고

마지막 잎새
환생을 기다려야 하는
눈 맞춤

다시 태어 날
그 시간을
이 추위 속에서 기다리고 있소

한 잔

김치 한 조각으로
속 달래어 본다

네가 있고, 내가 있다
술잔을 주고받듯

그립다

오늘의 뉴스

피로 얼룩지는
약육강식

지구촌을 꿈꾸는
꿈들의 각도는 좁혀지지 않는

일기예보로 뉴스는 마감 되었다

어제도 오늘도, 내일도
지구촌 곳곳에서 들리는
뉴스는 뉴스일 뿐이다

월미공원

초연을 품은
네이팜탄 폭격 화약 냄새를 내어주는

황조롱이 소쩍새
실향민들 달의 꽁무니에 매달린

그린비치greenbeach 아닌
노스탈지아
바닷물에 꿈꾸듯 안겨든

월미공원에서
도시락 보자기를 푼다

5월

복사꽃 살구꽃 활짝 피워놓고
눈부신 연초록 녹음 세상 펼쳐놓고

불꽃처럼 번져가는 장미꽃
실루엣의 계절로 들어서는

그대를 그리워하리라
미련과 추억도 함께

꽃봉오리 젖가슴 안고
고뇌와 꿈, 헤적일 때

반딧불

어둠 깊으면 깊을수록
숲속을 밟고
부서진 별 조각들이 유영한다

깊은 어둠 속에서 불꽃처럼 타는
짓밟히는 불씨
연약한 빛들의 따뜻함에
어둠은 익는다

불씨 하나 지피고 싶다
활활 타오르고 싶다

제2부

물소리 그리운

바람은
가만히 가는 법이 없어

허리 굽은 수양버들을
밀어붙이며 심술부리는 바람
어깨를 들썩이며 사방을 살핀다

구름에 앉는
편안하고 고요한

물소리 그리운
부대낌도 차라리 즐겁다

외딴 섬

나를 찾아
산을 보고 강을 보고
바다를 보는

구름에게 멀리
소식을 묻는

나를 스쳐가는
해와 달을 꿈꾸는

그 시절의 교실

켜켜이 쌓이던 도시락
구멍구멍마다 따라온 눈바람도 비켜간다 따닥따닥
타던 장작불
한 줌 재로 남은
온기는, 열기는, 가득 가득

온기로 피어난 열꽃들
보고 싶다
담소하는 꽃

낭떠러지

삶의 정점 같은
오름길에 마주하는 바람

뻑뻑이는 땀을 거두어 주는
오름을 더 오름으로 이어주는

여정

극에서 극으로 치닫는
아찔한 절벽

지진

악마의 잔인한
모든 것들은 깊은 암흑이 된다

아수라장

누가 누구를 삼킨다 말인가
암흑 속에 내려꽂히는 어리둥절한 눈알들

허망하게 소용돌이치는

여진은 여전히
입질하고 있다

저녁 하늘 아래

놀빛 구름은
만장처럼 길게 깔려있다

돌아보는 틈새로
노을은 노을의 만장이 되고

따개비처럼 붙어사는
물새
먼 만장을 보고 있다

뒷마당

한 줌의 햇볕도 허락하지 않는

대숲은
서슬이 대차고
바람은 댓닢 칼날을 휘둘러댄다

초록융단을 깔고 앉은 담장
스산함을 먹고

홀로의 비밀을 아는
홀로의 독백을 아는

낮은 연기는 산을 탄다

봄이다

강과 바다가 만나는 곳
깊은 술렁임을 듣는

겨울 빈 강변에서
봄을 만나면
속삭임 익는 파도소리를 들어요

풀꽃세상 활짝
풀 향을 바람에 띄워 날리는

까치가 운다

밤새워 아픔을 다독였는지
햇살이 상처를 찢는지
까치가 까치를 운다

길잡이 만장을 보았는지
꽃망울 아픔을 보았는지
까치가 까치를 운다

보고 있어도 보이지 않는
듣고 있어도 들리지 않는
행간을 누빈

장다리꽃 속에도
까치가 운다

가방

입이 열리면
하품하듯 하나씩 하나씩
제 속을 보여 주어요

발을 달고 있기도 해요
발맞추어 패션에 한껏 멋을 달아주는

사랑도 받아요
버림도 받아요

작지만 가득찬 방
식구들이 우글거려요

적막 1

고요는 고요를 쓰다듬는다

소리 없는 것에서 소리를 듣는

보이지 않는 곳에서 눈을 뜨는

쓸쓸함과 고요함에 깊이 잠기는

고요의 그림자도 깊다

적막 2

누가 소리를 지르나 봐요
그래도 아프지는 않아요

슬프지도 않아요
누구인지 아늑하다고 해요

모두를 감싸 안지만
모두를 펼쳐 내고도 있어요

끝없이 크고
끝없이 넓고
끝없이 높은

연좌에 앉으신 모습
눈부시어요

테트라포트

강강수월래는
바다를 안았다

거친 파도에
힘줄 세우는

당신이 있기에
여기저기서 풀어헤친
향기의 노래

그물망 같은
고리 한 마당

옛날

눈 깜박거리는 틈새로
반백의 머리를 쓸어 넘긴다

안경너머로
옷 한 벌 둥실 떠 있다

난분 꽃대 올려 10층탑 쌓은
출렁이는 밀물

봉창 문을 밀고
정지 문을 밀고

탱자 울 가시는 침을 세운다

피아노 학원

창가에 도레미파 망울이 피었어요
요정들의 해맑은 향기

향을 받쳐 든 꽃잎보자기
보자기를 풀고 있어요

흰색과 검은색의 건반을
오르내리는 악동들

오선지 속에서
닿소리 홀소리 되어 날고 있어요

소리의 연못을 찾아
아이들이 모여들고 있어요

어떤 길

홀로이지만
동행을 만나기도 하는

해바라기 고개 떨구는 길은 접고
불어오는 바람에 서걱대며 울음을 토했다

달빛아래 쉬어가기도 한
발목 접혀 멈춘 길

돌아보면 아득한
낯선 길에 서 있다

어제와 오늘사이

꼬리에 꼬리를 무는
속임수 같은 날을

한 줌 재로 강 위에 뿌린다
바람은 강을 가로질러 흐른다

허물을 벗고 벗을 뿐
햇귀는 오는 줄 모르게 온다

꽃이 옷을 바꾸어 입는 사이

제3부

동굴

입을 벌린
웅숭깊은 항아리다

심연 깊은,
울림통 같은

살점은 세월에 내어주고
앙상한 뼈만이 박제되어 있는

웅덩이에 손을 적신다
몸속으로 흐르는 또 하나의 웅덩이

세상맛도 이랬으면

안개를 몰고 오는 비

조개껍질과 몽돌들에
간지럼을 태운다

온몸으로 비 맞으며
탁한 세상에서 고요를 걸러
적막을 듣는다

빗물이 맛있다 맛있다 한다

틈

저기 누가 있는지
틈새만큼 숨을 쉬는

상승가를 타든
하한가를 타든

보도블록 틈새로
올라오는 질긴 숨결

꽃을 꽂는
틈새를 찾는,

섬

고요와 소통하며
스스로 몸을 이룬

멀리서 손짓하며 부르는
바다의 하모니

갯내음 숲내음 새소리
둘레길이 있어 편안한

고요의 풍경을 찾아
그 풍요로움에 안긴다

대낮의 아스팔트

이젠 할 말을 잃어요
견딜 수가 없어요

가로수 매미울음
한낮의 더위 기를 꺾는

가마솥 폭염

먹구름 몰려와 이마를 부딪친
국지성 호우로 몸을 식히는

칸나가 빨갛게 익어 있어요

방파제

선박들이
방파제를 지나가고 있어요

닻줄을 힘껏 던져요
해녀들은 물젖은 삶을 말려요

달을 먹고 별을 먹고
사랑으로 든든하게 묶은

빨간 우체통 같은 등대
둘레길이 되어 우리를 불러요

수국

수국 수국 피어난다 하여
수국이라 하였나

산사의 뜰에서
파스텔화의 전시회를 열고 있다

범종소리를 듣고
새벽예불을 듣고
불경처럼 피었는지

꽃 봉우리 젖가슴 익을 때
수국 수국 피어나던
가슴이 아려요

스마트 폰에도 찰칵
화폭 아닌 화폭으로 피어나지요

종탑에 걸린 구름

누가 와서
종소리를 듣고 있다

한 폭 그림 같다
찰칵 사진으로 스캔한

옷매무새 다듬는다
평화롭다

바람 따라 떠돌다
생각에 잠긴,

짐을 싸며

마지막까지 가야하는
이제는 헤어져야 하는

귓등이 가렵다
등짝이 가렵다

밀어내야 하고
밀쳐내야 하는

돌아보는 어제
바라보는 내일

무거운 나이에
짐은 가벼워진다

바이러스

보이지 않는 허세와 싸우는
영원한 적이자 동반자
온전을 파괴하는
발발이 같은

컴퓨터가 먹으면 까무룩해요
기억 상실증에 모두를 잃어요
쓰나미 되어 모두를 삼켜요
블랙홀에서 빠져나오지 못해요

생과의 전쟁에서
만만치 않은

지뢰를 피하느라
전전긍긍하는 하루는
하루를 먹어요

장맛비

물방울 화폭이 된
운무에 쌓인 앞산을 끌어당긴다

떨어지는 빗방울은
트라이앵글을 친다

빗물에 취한 바다
마셔라 즐겨라
너희들 세상이거늘

비속에 젖은
어린 시절이 보인다

여행지에서

억만년의 세월을 거슬러
원시인이 되어가는
알몸이 되어가는

풀 한 포기 나무 한 그루
기암절벽이 되어가는

경계를 넘어오는 바람
뗏목으로 떠밀린다
낯선 곳에서

홍엽

흔적을 남기는 걸까
곱게곱게 익은

깊은 계곡 밑바닥까지
잔불은 타고 있다

소슬한 눈이 시리다
천상의 홍엽계곡

떨어져 뒹구는 허전한 마음
홍엽에 젖어 들고

문신처럼 찍힌
가을이 타고 있다

장마전선

상승세를 타면 상승가로
하락세를 타면 하한가로

현관문을 열었다

해 뜨는 날이든 비 오는 날이든
젖은 몸은 말리지 않는다

어둠 속 별을 찾아
자음과 모음 연결고리
공중부양을 하는

티비 뉴스는
장마전선에 들어섰다고 한다

높은음자리와 낮은음자리로 몸을 섞는
은밀한 부리를 쪼고 있다

언덕 위에 서 있는 나무

베란다 창가에 마주 선
바람에 치마를 팔랑이는

떠 있는 너,
한갓진 먼 추억
솜사탕 한 입 문다
그네를 메어도 본다

초대장 없이도 앉아 쉬어가는 새
초대장 없이도 너를 마주하는 나

비움 속에 다북 차는
솜털구름을 본다

안개 속에서

홀로 등불을 켠다

호롱불아래 둘레둘레 앉은
둘레밥상
까르르 웃으며 맛있게 먹던

큰언니가 갈래머리를 땋고 있다
거울 속 어머니는
앞가르마를 곱게 가르신다

안부가 궁금하다

칠순이라는 게 이런 걸까
켜켜이 쌓인
안개

우리는 하나

너의 상처가 나의 상처가 되고
너의 행복이 나의 행복이 되고
너의 불행이 나의 불행이 되는

둘이 아닌 하나의 자리

너의 노래가 나의 노래가 되는
더 크게 울리는

첫 자리가 꽃 진 자리
꽃 진 자리에서 여물어가는

제4부

철조망

바람 구름 자유롭지만
노을은 가슴을 적시는

하나가 될 수 없는 역사를 오늘도 쓴다
긴장과 적막이 녹 슬지 않는

떼 지어 날아오르는 철새들의
질서를 본다

연 띄워 올린다
긴장과 적막이 녹 쓸어 가는

고향 땅

나를 버리고 싶지 않아
고향에 나를 심는다

주말마다
묵은 땅은 살아 숨쉰다

일군 땅에서
아버지 어머니의 모습이 일렁인다
고향땅은 건강하다

따르릉 따르릉
고향과 함께하는
폰이 울린다

가마솥

달그락 달그락
어머니 첫새벽을 열고 있어요

아궁이에 불 지피고
부뚜막 닦고
어머니 숨결 살아나는

검정 가마솥
검정 고무신
검정 베치마

맛있었던
어머니의 손맛, 무밥

지금
나의 주방은
압력밥솥이 자리하고 있어요

한 소식이 온다

초점 없이 응시하는
앙상한 육신을 웅크리고 있는

이승의 이별이 가까워
고통에서 평안으로 가시는

열반이라는 의식에서
돌아오시는 한 소식을

가고 오는 것이
변화라는 소식을

낙서

조각나는 시간
흩어지는 생각을
뜨개질하고 있다

잘려나가는 천 조각
찢겨진 상처 난 마음을 깁는

낙서

조각조각들을 모아
피카소의 꿈을 본다

늪

스스로 무덤을 파는
행복이라는 블랙홀
불행이라는 블랙홀

감성과 이성의
울타리가 위험하다

긍정과 부정의
위험한 술래놀이

현관문

긍정은 이것을 열게 하고
부정은 이것을 닫게 한다

오가는 말속에도 열리고 닫힌다
마음의 문고리
쉽게 열리고 닫히는

남쪽을 벗어나
서쪽으로 기우는 달
신 새벽을 알리고

언제나 잡고 있는 문고리
틀을 깨고 싶다

달 지고 해가 뜬다

어제를 일러 작년이라 하고
오늘을 일러 새해라 한다

하루하루를 가셔낸 시들한 마음
제야의 종소리에 띄워 보낸다

어둠을 깨고
떠오르는

용틀임하는 불덩이 하나 갖고 싶다

주말풍경

낮익은 얼굴들
서로의 안부를 확인하는

도시의 숨소리를 껴안고
산 내음은 고향 맛으로 안겨든다

바람은 주말을 거풍한다
구름에 눈을 씻어도 보는

매미처럼 매달린 운동기구에
쓰르르 쓰르르 몸을 푼다

발길에 힘이 실린
주말의 충전

커피숍

박제된 마음 쉬어가고파
쇼파에 등을 깊숙이 묻는다

방황을 잠재우는
숨죽이는 음악은 어제를 추억하고
아메리카노에 입술 적신다

화장을 고치는 여자는
거울 속에 빠졌다

태블릿 pc에 뭔가를 열심히 찍고 있는
남자의 찻잔은 여백이다

시침을 찍나보다

피안

꽃잎 지던 날
가시 덩굴은 목줄을 조아대고

나락으로 떨어지려는 순간
동아줄을 던져

새들의 노래를 듣게 하고
꽃들이 피어나는 소리를 듣게 한
피안의
주상절리를 본다

봄, 기다림

사각형의 아파트에서
사각형의 도로에서
사각형으로 부유했던 떠돌이

다시 원으로 돌리는
원의 시작을 본다

사각형의 담장 안에서
홍매화
둥근 원만을 터뜨리는

바람을 본다

산다화

한 입 한 입 터져 나오는
붉디붉은 미소

노란꽃술에 짙붉은
맑은 종소리가 웅숭깊다

북풍을 안고 의연한
겨울에 피우는 열정

별을 먹고 달을 먹은
종소리가 바람을 울린다

절터

이끼 낀 돌담길에
노송은 사천왕처럼 눈을 뜬다

목탁치듯 쪼아대는 딱다구리
풍경소리에 살아난다

골짝물을 돌아 옛 절터
물소리가 거듭 목탁을 친다

장삼자락 바람에 스치듯
먼 산 뻐꾸기가 운다

하루 이틀

클레마티스 나팔을 분다
물수선화는 잠에서 깨어난다
하얀 입술에
노오란 꽃술을 물고

개운죽 대숲인 양
아이비 넝쿨을 타고
찻잔에 기대어 초록바람을 물고

별자리를 짚어보는
해넘이
줄넘기 하는 나를 본다

하루 이틀

귀뚜라미 소리

가을이 뜸 들어 익어간다
울음소리 그림자도 깊어간다

가을을 익히는
저 소리의 그림자

소슬한 바람에
풀꽃 파르르 떤

그 틈새로 누비는 울음은
맑은 그림자로 다가온다

햇귀 오는 줄 모르게
깊고 깊은,

봄 들녘에서

햇살은 안개비처럼 따뜻하다
바람이 몰고 오는 흙냄새의 맛이 다르다

산자락에서 봄을 꽃피우고
들녘에선 봄동이 활짝활짝 피었다

개구리 겨울잠을 떨치듯
겨울잠의 이불자락을 걷어내고
연초록으로 얼굴 내미는

봄비라도 먹는 날에는
초록은 한껏 목에 힘줄을 세운다

봄 들녘에서
산고의 아픔을 본다

휴지통

시간이 시간을 먹는 동안
켜켜이 쌓이고
버리는 시원함

던지는 대로 받아먹는
쓰다 달다 말이 없다
참 비움이다

버려지는 것들의 이야기
구겨진 것들의 속내가 궁금하다

분리수거라는 갈림길에서
순례길이라는 차례를 기다리는
버려짐에 또다시 태어나는 생명

하루에도 몇 번씩 버려지는
생각이라는 휴지통에서
다시 살아나는 새로운 생각들

윤회하듯